AF364071

TABLEAUX

DESSINS MODERNES

ET QUELQUES

TABLEAUX ANCIENS

EXPOSITION

Le Jeudi 26 Mars 1868

VENTE

Le Vendredi 27 Mars 1868

A DEUX HEURES PRÉCISES.

Mᵉ **CHARLES PILLET,**
COMMISSAIRE-PRISEUR

M. **FRANCIS PETIT,**
EXPERT

1868

CATALOGUE

D'UNE BELLE COLLECTION

de

TABLEAUX

DESSINS MODERNES

et quelques

TABLEAUX ANCIENS

DONT LA VENTE AURA LIEU

HOTEL DROUOT, Salle N° 8

Le Vendredi 27 Mars 1868

A DEUX HEURES PRÉCISES.

Me **Charles PILLET**, Commissaire-Priseur, 11, rue de Choiseul,

M. **Francis PETIT**, Expert, 7, rue Saint-Georges.

Chez lesquels se trouve le Catalogue.

EXPOSITION PUBLIQUE

Le Jeudi 26 Mars 1868, de une heure à cinq heures.

CONDITIONS DE LA VENTE

Les acquéreurs payeront *cinq pour cent* en sus des adjudications.

Elle sera faite au comptant.

———

187. — Paris. imp. de Pillet fils aîné, rue des Grands-Augustins, 5.

DESSINS & AQUARELLES

BONINGTON

515

1 — Sujet tiré de Walter-Scott.

Aquarelle.

BONINGTON

240

2 — Environs de Mantes.

Aquarelle.

CALAME

145 3 — Groupe d'arbres au bord d'un lac.

Aquarelle.

CALAME

125 4 — Bords du lac de Thoune.

Aquarelle.

DECAMPS

161 5 — Paysage. — Lisière de forêt.

Dessin rehaussé.

PAUL DELAROCHE

475 6 — Portrait de Mlle de Fauveau.

Dessin.

DELACROIX (Eugène)

7 — Saint Sébastien, secouru par les saintes femmes.

Dessin.

DELACROIX (Eugène)

8 — Cavalier arabe dans une fantasia.

Aquarelle.

DELACROIX (Eugène)

9 — Arabe assis. — Étude faite au Maroc.

Dessin rehaussé d'aquarelle.

GERICAULT

10 — Charrues attelées de chevaux.

Aquarelle.

GERICAULT

305 11 — Cheval anglais pur sang, tenu par un Jockey.

Aquarelle.

GÉRICAULT

660 12 — Léda.

Lavis rehaussé fait à Rome.

GIRODET

10 13 — Dante et Béatrix.

Dessin rehaussé.

GROLIG

12 14 — Un Marché au Caire.

Aquarelle.

GROLIG

15 — Une Rue au Caire.

Aquarelle.

INGRES

16 — Virgile, lisant l'Enéide devant l'empereur Auguste.

Dessin capital rehaussé de blanc.

EUGÈNE LAMI

17 — Une scène de High-Life à Londres.

Aquarelle.

EUGÈNE LAMI

18 — Chasse à Chantilly (1829).

Aquarelle.

EUGÈNE LAMI

19 — Chasse à Satory.

Aquarelle.

MADOU

20 — Paysans hollandais, prenant le thé.

Aquarelle.

MARILHAT

21 — Caravane en marche.

Aquarelle.

MOZIN

22 — Voyageurs à cheval, surpris par l'orage.

Aquarelle.

PILS

23 — Zouave en marche.

Aquarelle.

PRUD'HON

24 — La Victoire. Figure allégorique.

Vente de Boisfremont.

Dessin.

PRUD'HON

25 — L'Étude. Figure allégorique.

Vente de Boisfremont.

Dessin.

ROBERTS (David)

26 — Intérieur d'église avec figures.

Aquarelle.

**

ROQUEPLAN

27 — Le Message.

Aquarelle.

ZIEM

28 — L'Ancien port de Marseille.

Aquarelle.

TABLEAUX MODERNES

ACHENBACH (Oswald)

29 — Vue de Naples.

Haut., 70 cent.; larg., 1 mètre.

E. DE BEAUMONT

30 — Samson et Dalila.

Haut., 1 m., 07 cent.; larg., 70 cent.

BODMER & LAVIEILLE

31 — Troupeau de daims dans une prairie.

Haut., 15 cent. ; larg., 24 cent.

BOUDIN

32 — Nature morte.

Haut., 35 cent. ; larg., 58 cent.

CALAME

33 — Chute d'eau dans les rochers.

Haut., 48 cent. ; larg., 33 cent.

CALAME

34 — Sapins près Thoune.

Haut., 52 cent.; larg., 32 cent.

CHAVET

700   35 — Les Ivresses.

Haut., 24 cent.; larg., 19 cent.

CHINTREUIL

65   36 — Pont traversant un ruisseau. Effet du soir.

Haut., 41 cent.; larg., 31 cent.

COROT

760   37 — Paysage italien. Effet de soleil couchant.

Haut., 65 cent.; larg., 45 cent.

GOROT

250   38 — Lisière de bois.

Haut., 24 cent.; larg., 32 cent.

COROT

39 — Mare près d'un bois.

Haut., 30 cent.; larg., 43 cent.

COURBET

40 — Cerfs en forêt.

Haut., 81 cent.; larg., 98 cent.

COURBET

41 — Paysage du Jura.

Haut., 85 cent.; larg., 1 m., 04 cent.

DAUBIGNY

42 — Étang bordé de grands arbres. Effet du soir.

Haut., 38 cent.; larg., 67 cent.

DECAMPS

43 — Intérieur d'une cour à Fontainebleau.

Une paysanne tire de l'eau à un puits. Un chien basset boit au ruisseau. Au fond, quelques poules sur un fumier. Effet de soleil.

Haut., 32 cent.; Larg., 25 cent.

DECAMPS

44 — L'Arrivée au bivouac.

C'est le soir. Un moulin à vent se détache en silhouette sur le ciel éclairé par la lune qui sort des nuages et monte à l'horizon ; Napoléon Ier à cheval, suivi de quelques officiers, quitte la route et se dirige vers une ferme destinée au bivouac. Dans le fond, on voit l'armée en marche.

Haut., 32 cent. ; larg., 44 cent.

DELACROIX (Eugène)

45 — Un homme de Calcutta.

Haut., 45 cent.; larg., 33 cent.

DIAZ

46 — L'Amour puni.

Haut., 46 cent.; larg., 60 cent.

DIAZ

47 — Nymphe et Amour.

Haut., 35 cent.; larg., 24 cent.

DIAZ

48 — La Mare aux roches.

Paysage avec figures et animaux.

Haut., 42 cent.; larg., 26 cent.

DIAZ

49 — Valet et ses chiens.

Haut., 19 cent.; larg., 25 cent.

DIAZ

50 — Repos au bois.

Haut., 13 cent.; larg., 9 cent.

DIAZ

51 — Intérieur de forêt avec bûcheronne.

Haut., 44 cent.; larg., 32 cent.

DIAZ

52 — Enfants turcs jouant au bord de l'eau.

Haut , 21 cent.; larg., 16 cent.

DIAZ

53 — Lisière de bois.

Haut., 32 cent.; larg., 44 cent.

DIAZ

945 54 — Jeune femme faisant un bouquet dans les bois.

Haut., 26 cent.; larg., 21 cent.

DE DREUX (ALFRED)

650 55 — Jockey à cheval.

Haut., 32 cent.; larg., 40 cent.

E· FLANDRIN

105 56 — Vue prise à Ispahan. La place du palais.

Haut., 50 cent.; larg., 80 cent.

ROBERT-FLEURY

1560 57 — L'Enfance de Ribeira.

Haut., 75 cent.; larg., 83 cen

GÉRICAULT

460 58 — Ane et Singe.

Haut., 58 cent.; larg., 71 cent.

GRANET

250 59 — Intérieur de la cuisine d'un couvent à Rome.

Haut., 37 cent. ; larg., 47 cent.

GUDIN

350 60 — Marine, Côtes d'Italie. Effet du soir.

Haut., 28 cent.; larg., 42 cent.

JACQUE

380 61 — Troupeau de moutons dans la plaine de Barbi-
zon.

Haut., 9 cent.; larg., 20 cent.

JACQUE

62 — Paysan à cheval, arrêté à la porte d'une auberge.

> Haut., 23 cent.; larg., 18 cent.

DE JONGHE

63 — Deux amies.

> Haut., 38 cent.; larg., 29 cent.

MILLET

64 — Femme couchée, vue de dos.

> Haut., 30 cent.; larg., 46 cent.

PÉRIGNON

65 — Paysan italien, joueur de cornemuse.

PLASSAN

66 — Doux propos.

Haut., 25 cent.; larg., 20 cent.

RIBOT

100 67 — L'Étude du soir,

Haut., 24 cent., larg.. 18 cent..

ROUSSEAU (Théodore)

1300 68 — Route traversant un grand bois. Effet d'o-
rage.

Haut., 25 cent.; larg., 39 cent.

ROUSSEAU (Théodore)

1300 69 — Soleil couchant.

Haut., 16 cent.; larg., 21 cent.

ROUSSEAU (Théodore)

1050   70 — Le Mont-Blanc. Étude.

Haut., 40 cent. ; larg., 64 cent.

ROQUEPLAN

320   71 — L'Attente.

Haut., 38 cent.; larg., 29 cent.

ARY SCHEFFER

270   72 — Les Souvenirs du vieux Soldat.

Haut., 32 cent.; larg., 40 cent.

SPRINGER

610   73 — Vue de la ville Oudewater.

Haut., 50 cent.; larg., 40 cent.

STEVENS (Alfred)

980 74 — La Mauvaise nouvelle.

Haut., 28 cent.; larg., 22 cent.

TASSAERT

690 75 — L'Enfant prédestiné.

Haut., 40 cent.; larg., 34 cent.

H. TEN KATE

380 76 — Une soirée de musique.

Haut., 24 cent.; larg., 36 cent.

TROYON

1260 77 — Maison de garde, sous de grands arbres au
bord d'un bois.

Haut., 97 cent.; larg., 1 mètre 30 cent.

TROYON

700 78 — Moulin à eau. (Normandie.)

Haut., 40 cent.; larg., 48 cent.

TROYON

560 79 — Paysanne dans un bois.

Haut.. 79 cent.; larg., 55 cent.

WILLEMS

700 80 — Coquetterie.

Haut., 22 cent.; larg., 16 cent.

ZIEM

1500 81 — Vue de Venise.

Le Palais des Doges, la Place St-Marc, le Campanille et la Douane.

Haut., 42 cent.; larg., 84 cent.

ZIEM

82 — Patineurs sur le lac de Suresnes. — Bois de
Boulogne.

Haut.,   cent.; larg.,   cent.

ZIEM

83 — Les bords de l'Amstel. — Effet du soir.

Haut., 31 cent.; larg., 54 cent.

TABLEAUX ANCIENS

ALBERT DURER

84 — Tigre.

Collection Andreossy.

Aquarelle.

BOUCHER (François)

85 — Femme couchée sur un lit et entourée de draperies. Un Amour est près d'elle.

Haut., 28 cent.; larg., 37 cent.

J. B. GREUZE

86 — Tête de jeune fille ; une rose au corsage.

Haut., 41 cent. ; larg., 32 cent.

J. B. GREUZE (école de)

87 — Porteuse d'eau, payant son droit à la fontaine.

Haut., 83 cent.; larg., 89 cent.

GUARDI

88 — Vue de la place St-Marc.

Haut., 40 cent.; larg., 63 cent.

HUYSMANS (de Malines)

89 — Paysage avec figures et animaux.

Haut., 33 cent.; larg., 44 cent.

JOANÈS VAN HOUT (1677)

90 — Jeune peintre, dessinant d'après une statue.

Haut., 59 cent.; larg., 44 cent.

LEMOINE (François)

91 — Le triomphe d'Amphitrite.

Haut., 64 cent.; larg., 84 cent.

NATTIER

92 — Portrait en buste d'une dame de l'époque de Louis XV.

Forme ovale. Haut., 35 cent.; larg., 27 cent.

A. VAN OSTADE

93 — Intérieur de cabaret.

Haut., 34 cent.; larg., 42 cent.

PALAMEDES

28

94 — Portrait d'un personnage hollandais, représenté en buste.

Toile. Haut., 21 cent.; larg., 16 cent.

SCHOVAERT

40

95 — Une vue des bords du Rhin.

Haut., 24 cent.; larg., 30 cent.

VERDUSSEN (Jean-Pierre)

205

96 — Gibier mort, étendu à terre.

Vente Davin.

Haut., 54 cent.; larg., 75 cent.

Total 50.434